閑花落

一树

河南文艺出版社
·郑州·

图书在版编目(CIP)数据

闲花落/一树著. —郑州:河南文艺出版社,2019.7(2020.10 重印)

ISBN 978-7-5559-0852-4

Ⅰ.①闲… Ⅱ.①一… Ⅲ.①诗集-中国-当代 Ⅳ.①I227

中国版本图书馆 CIP 数据核字(2019)第 107501 号

出版发行 河南文艺出版社
本社地址 郑州市郑东新区祥盛街 27 号 C 座 5 楼
邮政编码 450018
承印单位 永清县晔盛亚胶印有限公司
经销单位 新华书店
纸张规格 890 毫米×1240 毫米 1/32
印　　张 8.125
字　　数 130 000
版　　次 2019 年 7 月第 1 版
印　　次 2020 年 10 月第 2 次印刷
定　　价 48.00 元

印厂地址 永清县工业园区大良村西部
邮政编码 065600 电话 0316-6658662 6658663

序：看海棠花未眠的人

冯杰

“徐向峰”“一树”作为两个身份符号时，两者是同一指向、合二为一的。有时是常态的人，有时是诗人。

生活里，“徐向峰”大于“一树”；诗坛上，“一树”则大于“徐向峰”。世俗和诗意，青菜和但丁，现实里时常需要角色转换，而诗意的碎屑，恰恰就在两个角色转换之间不断遗漏、排列，散落一地，促成一方日常生活的万花筒，表面不断闪现出来些灵光。

我是从写诗开始文学之旅的，从业余到专业再到业余，实际是一个艺术上的“叶公好龙主义者”，大凡有趣的局部都喜欢，甚至做过几何代数的分行设计，却多会人为剪裁上来一段距离，关键时刻不是点睛而是游走，不执着，更多是要蜻蜓点水。吾观吾听，散就散了，消失就消失，以至态度影响着对待世事，对待人事。

一树作为诗人则是始终坚持写诗的“诗歌主义者”，他专注诗歌，自己和诗歌的相处状态，已经是茶是酒，是盅是盏，是喷嚏和哈欠，写诗亦如每天穿衣服系扣子一样，系错扣眼也无妨，但不可缺少。给人看到的是时时捻断数须，甚至貌似要为一个杰出的句子而奋斗终生。

曾在一段时光里，我们和北中原诗坛诸位同人，义无反顾地一道办诗刊、出诗报，把草木劫持闹市，把环保拉进诗行，这些心灵小工程近似在北中原私自配药制造烟花，目的只为欣赏仅有的瞬间绽放，属于另一种寂寞到极致的狂欢，像那一个人披星戴月、日夜兼程，走了一百里路只为看一只白鹭晾翅的一刹那。

在多年的诗履里，作为诗人的一树在一个枯燥机械的空间里工作。工作之余最早从摇风，到酿风，到汇风，到妖风，风起云涌或风平浪静，能在日常状态里滴水成河，无论如何辗转，始终赋予日常生活和诗有某种藕断丝连的关联。在当下各领风骚的诗坛，他制作的是诗歌的微雕，短音符，用片段形式展现，有自家道场气象。

从一树的诗歌里，我看到日常的进行时，在他诗歌空间的小回旋里，反复出现旅行，阅读，幽思，唱和，诗意，禅锋，琐碎，独味，小机智，自得其乐，孤芳自赏，萎靡不振，语言的打情骂俏，泼皮的插标卖刀，甚至一平方尺内的小小慵懒和无聊，使诗歌也成为生活里的某一种原色日常态。他不是在烧铸大器，只是捡拾破碎钧瓷之碎片，最终复原为“虚构的瓷器”，不只在田纳西，在北中原也有一方属于自己的“坛子”。可以称之为“一花一道场，一树一诗歌”。

多年来，我一直关注一树的诗歌，期待他水涨船高。他把诗当酒，且行且吟，从中我看到草木的脸，山水的脸，时光的脸。我在三十多年里断断续续地拜谒杜甫之旅，让我不知道诗歌的“有用”，倒让我更多知道诗歌的“无用”。三十年前，“中国，我的钥匙丢了”，如今丢了也就丢了，还可以再配一把。但是无用也有无用的趣味。一树的诗只是雕刻滴水，终究当不成波澜壮阔的河流，没有时代风云，只是把玩掌中的风花雪月；没有钱塘江潮去潮来，只是菜园里的水滴石穿。诗人的魔方有多种，他的魔方是春天里根本不需要大志，只缺少品尝樱桃的心情。在满院都是芭蕉的情况下，他努力要贡献两颗樱桃。

我想到川端康成的一句话：“凌晨四点醒来，发现海棠花未眠。”当世间星夜来临，万念皆是寂空，就需要当那一位看海棠花未眠的人。“只恐夜深花睡去，故烧高烛照红妆。”担心花的竟不是一旁的诗人，而是诗人一旁的那一支并不多余的蜡烛。

前天，我应邀为一位书法家写字，我拒绝写“厚德载物”和“上善若水”，因为两者我都达不到，我在宣纸上抄录周梦蝶先生两行诗句，其妙语云：“而这里的寒冷如酒，封藏着诗和美/甚至虚空也懂手谈，邀来满天忘言的繁星……”

他人无解。作为诗人，也许除了沉睡的海棠，还有诗神奢侈地赠送的一天繁星，用来作陪。

2018年5月9日于河南省文学院

冯杰，1964年生于河南长垣。当代诗人，文人画家。河南省作家协会副主席，河南省诗歌学会副会长，河南省文学院专业作家。出版诗文集二十余部。

目录

辑一　草木帖

辑二　春天无大志

辑三　如梦令

辑四　十九帖

辑五　且饮一杯酒

辑六　故乡诗抄

辑七　节日小令

辑八　花间词

辑九　白雪十六重

辑十　江山风月

辑十一　闲情偶寄

附　一树诗歌印象

辑一　草木帖

相憐得蓮
相偶得藕
乙亥初冯傑记

乡间坐

乡间坐。许多草木的素唇会随风
吻上脸颊。你若松开衣襟
时光的秘密便会在瞬间开花，结果。
阿弥陀佛——
年迈的六祖在坛经中醒来，召唤
童子们在落叶上誊写晚霞。
君未至，墨迹尚湿，一缕炊烟就要熟透。

草木十三香

恍若十三姨。那十三味
传说中的中草药姗姗而至。之前
一个东方人被西方的白色药片麻痹已久。

童年素净，而短暂
像一枚早夭的旱莲。而成人
身上有着浓烈而持久的荤腥味儿。

抱一抱，青涩的异性——
槐角，夏枯草，黄芩，莲心，菊花，白芍
杜仲，黄芪，钩藤，郁金，地黄，益母草，荷叶。

现在，我把她们一并娶过来
安置在那间曾经郁郁寡欢的小屋
在青青的盖头上写下，我草拟已久的欠条。

陌上桑

要绕过公园、广场、酒店、超市、地铁站
才能远远望见
日出，东南隅，陌上，一棵桑树下
罗敷手持青丝、桂枝
穿缃紫绮，梳倭堕髻，戴明月珠，照例支走太守
只为等我
一个喜欢吟诗作赋偷吃桑葚的书生。

荠菜花

春在溪头野荠花。
——辛弃疾

昨夜，城中桃李已全军覆没
白雪貌似白旗。
还在坚持的弟兄姊妹们
趁着启明星的微光
务必在牛粪遍地的荒野外集合
那里草木皆兵，元帅
是在溪头等候已久的辛弃疾
口令是——
一枝在春风里啜泣的荠菜花。

傍晚的合欢树

暮色在左，瞬间老去的笑容在右
合欢树下有过于黏稠的忧伤。
晚风正在运送，一车发着低烧的青春
那地址，永远呈粉红色的奇数。

棉

寒风里，一朵棉花与一卷心经有着同等的
温度。邋遢的棉农一边剪棉桃一边采棉絮
空空的棉荚里，佛陀原本是他的孪生兄弟。
有情人世，母亲悄悄将创可贴换成小棉服
好让如花的儿女忘记，这非白即黑的铁律。

苹果

那些全副武装的刺猬显然不是
她理想中的邻居。
此前，苹果姑娘写下这样的遗言：
果核留给儿子
果皮留给女儿
果肉留给丈夫
果香留给情人。
现在，她突然反悔了——
当她觅见那个干净的果盘儿，便想
静静地烂在上面。

葡萄

像一再破灭的梦幻
秋天的虬枝上挂满了密密的
悲剧——
一次次地投入
又一次次地遭唾弃。
葡萄姑娘啊
你可是我
那位娶了又休，休了又娶的原配？

桑葚

一名发着低烧的黑手党
刚写下密密麻麻的黑材料。

一位潜伏下来的易容师，正往
红里兑墨，愁里掺蜜。

是眼影，是幽梦
是众里遇她时的一管火药。

落花的梳妆台边
蝶儿戴上了黑耳坠，蜂儿戴上了黑项链。

还好，燕瘦之后，是环肥
初夏放下了暮春，我放下了昨夜。

晚桃

在白区中安静地待着，耗着。
器不大，也想晚成。
错觉好看，想必也好吃。
秋风里，出局的人迷上了
这一小股气质不错的
残匪——
大名叫隐忍，小名叫硬撑
还有一个好听的雅名，叫晚节尚在。

荷

她是阴性的。让我害着单相思。她有严重的
洁癖。她不吃不喝，不谈恋爱。
从含苞到怒放皆如梦境一样虚空。就像
下弦月之于上弦月，她的肉体约等于灵魂，今生
约等于来世。她优雅的绿椅子只邀禅者。落座
起身。披风衣，濯清涟，奏流水。抑或临摹
游侠蜻蜓，在澹澹碧波中挑灯低飞。却对
俗世中郁郁寡欢的我，视而不见。

连翘

她有面壁的长夜和独立的清晨
如今，她刚用细雨打通所有关节
捻青灯，拢黄卷，唤出
那位珠帘轻挑的人儿，看一抹
湿漉漉的笑，开在，十面埋伏之中。

红樱桃

在繁荣与凋零间练习
穿越术：秦汉魏晋唐宋，俱往矣。
青枝绿叶喂养的坯子
被金风和玉露一再打磨
衣冠，肉体，魂魄，三位一体。
一个甜心圆，笃信着
傻瓜的秘籍：努力甜，一甜到底。
啊，我爱这虚拟的王冠
这些暗香浮动的，小小美人痣。

黑樱桃

离枝。离岸。离我嘴角的罗曼史
一寸之遥。
去日不可留，而执意要走黑路的寡妇
在我的虎口之中
被活捉。
咀嚼如诱供。汩汩汁液如
甜美的供词——
前夜，她是流星的表妹。
昨晚，她是昙花的小姨。
今夕，她是撒泼的三娘，要与我争抢
第一枚，熟落在枕边的梦幻。

落果

还原最初那笑靥：
无知，无畏，甚至
无羞，无耻。
从婴儿那里取来露水与蜜
交给你——
日渐潦草的诗人。
啊，地上满是沾有母亲气味儿的衣襟
裹着童年，与暮年。
这一刻
坠落如此之美
有沉醉，有眩晕，有轻眠，有刚刚
被秋风吹红的心。

落草

若有来生，愿趁小离家
深山里落草
不拜师父，不敲木鱼，不念经卷
仿一棵寂寞开无主的
木樨，皓月下
打坐，吐纳，只与前世发生
光合作用。

辑二　春天无大志

春天无大志

暖阳下，我做雇主已久
而春风如小二，向花鸟鱼虫——
那些娇小柔顺的佃户，催收
好听好看又好闻的租子
春天无大志，农奴不革命
便宜了，我这个生来务虚的君王。

春药

花儿摇着拨浪鼓，将经年的痛痒
泼我一身。
春风里，老朽持新枝，望闻问切——
呀，麦田尚留处子身
她的青恰好可以，治我的黄。

染房

那么多红的黄的白的绿的青的蓝的紫的
不收费的香料，渐次溢出梦的杯盏。
一袭花衫的姑娘啊，正轻轻走过我的花窗。
亲爱的，我多想，在四月的染房打烊前
与你，有染……且诞下成群，幼小的春天。

早春

明镜里，美发师一脸鸟语：理还乱，理还乱。
窗外春光如薄刃
冬青在集体抄袭苦恼人顶上的短寸。
犄角旮旯处
迎春花如披头士，风中叫卖，昨天的黄花。

花样内阁

姹紫嫣红，多是前尘往事重提。
厚厚二十四史，我只留温软那卷。
新后主携清欢，与枝头填词唱诗的
梅小小，梨小小，杏小小……
会晤，遣斜风，使细雨，重组花样内阁。

新春诏日

在九百六十万平方公里的牙床上
我如小小牙签，怀挑剔之心——
挑残渣，剔腐肉，捉潜伏的魑魅魍魉；
又如空空杯盏，蕴酩酊之意——
山水风月斟上，唇红是酒，齿白为诗。
快哉！春光宣春旨——
深情厚谊不打折，花香鸟语全免单。

芬芳阶级宣言

就像无产者撞见灯塔
花草撞见春风春雨
自此，黑白国里颁彩令——
蝶宜乱，蜂宜忙
花痴香奴色棍，宜轮流坐庄。

飞花辞

风中，百花忽然加速
提前抛出，四月的曲线——
噢，那一沓沓芬芳的遗书！
那一张张缤纷的画皮！
飘飞的灵魂啊
慢一点儿，等等
那些还未来得及，想开的肉体。

器官之美

春来，有灵通小虫在细细吟诗：
“暖阳如薄刃，万户竞剥衣。”
哇！一身轻的草木纷纷亮出了
自己的器官——
桃花红。杏花粉。梨花白。丁香花紫……
经年隐和私，忽成开坛酒！
莫辜负，这三春尤物。朝闻香，夕可死。

春分清唱

一树又一树的繁花竞放
欣喜，而又惶恐
恍若听见三宫六院，在起哄。
不忍断喝
不忍在艳阳下
宣读那呕哑嘲哳的衰老经。
趁新泥未旧
特遣春风春雨，送上休书一封：
“让白者犹白，青者犹青。”
树下，写信之人正独自熬着
一锅百花乱炖
在袅袅的香里，小声清唱《落红》。

谷雨令

昨夜，披蓑戴笠者在雨中起义
湿透的梦州太守于次晨
用鸟鸣和露珠为暮春立法——
踏遍溪水与幽谷的游子
可以在画眉、红袖与暖怀之间
保留乱了半生的方寸。
嗜酒恋花的在野党，允许私自
种瓜得豆，种豆得瓜。
不断发芽的少年，一律封为世袭贵族。
而干号的遗老们，统统开除州籍。

有些花儿是开着玩的

许是站街太久
玉兰顿悟
仿佛见玉
仿佛见兰
仿佛见色香声味
风一吹就开
再一吹还开
跟闹着玩儿似的。
天上的玉帝笑了
地上的兰贵人也笑了——
花儿随性
干卿何事？！

花朵起身

春深得不能再深，离真相，不到七寸。
风中的环佩叮当，珠泪晶莹。
趁朱颜未老，花朵起身，辞别花枝。
青草的指尖上沾有一句薄荷味的旁白——
许或不许，芳心皆宜寄存，一方保鲜的抽屉。

桃花寺

蜂蝶反水
采花大盗丢盔卸甲
山寺中皈依。
闲来，轻敲桃木鱼
翻经卷，恍如，阅粉面
花香无字，依然是上乘教义。

春夜

像一块海绵体，泡着。
春风替旧人，敷上月光的面膜。
她的眼神里溢着六十八摄氏度的花汁。
温热的酒糟旁
两株野枸杞幼稚得只想发芽。
春夜，是一扇浅粉的纸窗
不捅，自破。

替春花儿说几句

在春天
人比花儿多
却比花儿讨厌。
人走马观花
花儿却不以为然。
观花者除了笑与泪
其余分泌物，全有毒。
花间除了天真派与忏悔派
其余全是累赘。
美人之所以称得上美人
形似不足论
关键是她们知晓
何时该开，何时该关。

辑三　如梦令

神仙一樣來了
乙亥初於中原
馮傑

梦见陶潜

提灯，携晚菊、晚稻与晚风，从南山出发
潜入一口
被霓虹、雾霾与尾气覆盖的
老井，用陶罐
那魏晋般的深喉，汲二次发酵的月光与米酒。

雨

尚未午时，人间早已一脸乌青。
雨年方二八，却携带过多的分泌物——
云的轻浮。雷的喧嚣。霾的城府。花的妖娆。
雨喃喃着：不如
给万物都打上吊针，或，掀开琐碎帘笼
将幽梦还给类人猿。
雨忽然急剧腹泻，忽然想削发，堕胎，清空自己。
而悬崖边酒醒的风，怜香惜玉，轻轻扶住了她。

在梦州

在梦州，一场雨没收了天下所有泪滴。

在梦州，子民喜单车，太守爱提着明月独行。

在梦州，白鹭忽然放下架子，自青天陆续返回。

在梦州，沙场绿草如茵，刺客与骚客，一边推杯，一边朗读密令和禁书。

红

中年恍惚，常将朝露与晚霞混为一谈。踉跄，下蹲，呕吐，一泻两散——

一泓用来浇花。用罂粟的上半身补写情史，在杜鹃的深咳与昙花的遗嘱里，萃取童贞与暮年。

一泓用来炼丹。以毕生歉意作釜底薪，煮沸全部隐疾，滤掉锅中，二手的风雨和江山。在凉下来的鹤顶之上，醉卧而眠。

醉风

在虎背一样的大广高速上，午后的风瞌睡，略去一大段冗长的丛林法则。直至

镂空的西衙口被酒糟一样的暮色填充，开始食，开始色，开始性。

啊，一群推杯换盏的没落户，多像垮掉的十五国，因了无用的吹拂而露出，一排磨损的牙齿。

空

“问渠那得清如许？”——晦庵兄
可晓得麦田有一身潮湿的渠道？

“别有幽愁暗恨生。”——乐天兄
可晓得琵琶女有一身潮湿的管道？

植物悄悄插枝
动物偷偷插管。

通了——杨柳岸笛声清脆
堵了——残月下嗝声浑浊。

风情万种又如何？
新的迟迟不来，旧的赖着不走。

空虚至极，才去移花接木——
“喂，你通过我时，不产生空洞是有罪的！”

保鲜辞

用苹果的汁液和幼童的眼泪
和稀泥。携坟头草
与明前茶、雨后笋建立暧昧关系。

瓮中辞

像笔下误，灯下黑，我时常将自己，请进瓮中。且栽
一株编外的荷花。听任一挂莲藕用泥污封顶。

无事刮胡，清除表皮下的反对派。看轻舟上岸，青山老去。

在慵懒的烟火中，与一只打坐的蛙，推杯换盏。

内部矛盾

甲体内住满了开关
乙也是。
丙绽放时，丁刚好凋谢。
大度的戊说：
己庚辛壬癸们少安毋躁
这仅仅是
发生在小腹的一次骚乱
大体不错——
旧山河绰约，而又多娇。
远处
一棵刚被松绑的葵花
趁着月光，清点起怀中
泪珠一样的籽粒。

笼中对

五月，一头败絮。鸟鸣与暗香渐渐疲软。锦衣卫飞檐走壁，标题党自缢于末梢。我猜知己佳人不在

此笼中，便在彼笼中。魏晋路远，南山雾深。白鹅与白菊隔着篱墙，面面相觑。啊，此处有诗，和湿。

落樱

听风口令，少女于梦中跳伞。不掩面，不尖叫，不回眸。途中频频

肇事——与市井、寺庙、王府摩擦，碰撞。花倌笑曰：一失足，成千古香。

出关

青牛懈怠，花草偷懒。蝉脱壳，撇下一座废都。渔樵尚在

轻掀山水的门帘，旁听，云烟里，虚和实的旧怨。谁在打哈欠

——且将芳唇借给美酒，空谷留给幽兰。待闲王藏好玉玺

便遣风月蜂蝶诸元老，巡视人间。其时，功名利禄，正分兵压境。

套中人

美套住美人。诗套住诗人。财宝套住财主。风情差一点儿，套住风月。烟火之外，浪子用六十五摄氏度的山水解开五官。

名山藏

携带饱嗝、放大镜和角色感，灵长类们在躲猫猫，过家家。花草虫鱼飞禽走兽，仿佛丫鬟仆人。

空山本无名，只是，灌入太多矫情。俗物不知，青烟青云，棋子松子，鼾声水声，皆为非卖品。

貌似诗

真相解甲。

梨花与雪在互相抄袭。

海棠正红，像宠了三生的妹妹。

俗世烟火迷人

貌似一场，好看的误会。

装活

如此冗长的一生足够他
死上一千次一万次。
而他依然活着。
极乐与极悲之外，是装甲部队
在阵守虚荣。
明月松间照。幽草涧边生。
没心没肺的目击者
除了苍凉
什么也不愿指证。

杧果之恋

理想有点儿甜——
梦挨着梦
金黄挨着浑圆
抚摸与品尝，全免单。

现实有点儿涩——
摊位摇晃
抛物线打折
满大街的刺猬在互踢皮球。

夏日手帕

像清风一样，随身携带。
一个汉族男人，只擦汗，不擦泪。

有时，它和月光一个纹路
用眼神反复折叠，一张纯棉的脸庞。

偶尔，也会借给海边踏浪的凡·高
让他包裹，葵花上溢出的手语和火焰。

笼中谣

让我进来
让鸟出去。

鸟提着鸟笼
我提着自己。

那个与我交换体液与羽毛的人
最知己。

旷野

旷野略显虚幻，仅次于美梦。
无须洗牌，也无须指认
甚至，连因果关系也不存在。
花与花，草与草，树与树，鸟与鸟，兽与兽
仿佛初识。
直至，一个心事重重的人闯进来
旷野随之消失。

深秋账单

风提一杆秤
桂花的小秤锤儿
又摇又晃。
有人佩戴明月镜
为深秋结账——
闲愁千斤
清欢四两。

昨夜下了一场雨

人与物是旧的，雨却是新的。
清晨的鸟鸣貌似复数，实际上
熟悉的和弦里藏有清凉的孤单。
一张脸越洗越净，一场雨越洗越浑。
理想寄居在雨后的一个词——
苍翠欲滴。仿佛每一次煎熬都会
诞生一个陌生的世界。
雨后晴空万里，江山妩媚多娇。
回首来路，曲折泥泞并无意外
惆怅如此卑微，几乎可以忽略不计。
但这场匆匆的雨，不可复制
我会将它镶嵌在，那本新诗集的扉页。

臆想一场雪

深沉玩得过久矣！何不组建
一个绝对幼稚的王国——
所有的鲁莽和草率都将
被宽宥。单纯的人已取得自治
一袭素衫的王
正空降一沓新传单——
茉莉发卡，葱兰书签，孩儿面霜……

辑四　十九帖

多子
乙亥初馮傑

快雪时晴帖

借苏子一张旧宣，飞白两个字——
昭雪。而后，戳上红日，快递给
正在结冰的面孔。不用说抱歉
只需温一壶酩馏，邀来芒鞋竹杖
将酒菜和酒令，分与那些
一瘸一拐，泪光闪闪的灰喜鹊。

东风帖

携带经年的马蹄铁
逢水湿，逢草绿，逢花红
逢明月就发慌，逢故人就发烫……

噢，你的眼妩媚，发飘柔，腰婀娜
在芳菲的产房里，你娩出
又一拨惊诧和艳遇……

大意帖

不是套路，是套用——
心有多粗，世界便有多大。
不小心，一只蛙误入藕花深处
原来荷香，是稻香的表妹。
不小心，一只蜂误入百草丛中
原来马齿苋，是马缨花的表哥。
风不小心，遇见了雨
云不小心，遇见了霞……
我不小心，在拐角处遇见了你
懵懂的眼神里，坐着一位微醺的菩萨。

半夜帖

明月缺席。而我在。
上半夜有汗。下半夜有诗。
一生之中，要关闭多少废旧的工厂才能
抵达清新的花园。
夜风微凉——
我出汗时，花正在出墙
只有摸黑的人才配，互道晚安。

大汗帖

眼看就到了中下游
半生执念忽然浑浊粗粝起来。
午时三刻
一条河终于在成年的坝头决口。
秋日舴艋载来一舟病历——
无非是焦头烂额
无非是阴阳两虚
无非是，三百城池一夜失守。
行至水穷处
湿鞋的公子坐看
一朵空荡荡的白云刚刚
擦干自己。

小雨帖

淅淅沥沥的雨，尚未成年
一个挨一个，结伴跳向人间。
雨打芭蕉，远比丧钟好听
纯真的泪滴，一点儿也不苦涩。
树叶，草叶，荷叶——
小小的白玉盘擎满，亮晶晶的灵魂。
一只乳燕在雨中试飞时
我刚好完成，一首情诗的初稿。

惊诧帖

警的隔壁，住着匪。
草木的深处一定有草莽。

老庄有理，孔孟有理
义无反顾和中途折返的人，都有理。

案几已倒塌，手掌已生茧。佛笑曰——
还有什么，值得你去拍案或击节呢?

我不甘心。相信死水之中仍有龙门跳
相信彼岸，那条美人鱼还会款款地说

——常见不如偶遇
你欣喜而又惊诧的样子，最美丽。

清风帖

忽略姓名、籍贯、资产、学历……
嗜好穿芒鞋，戴斗笠，披蓑衣。
口令——岭上白云，水边蒲草。
一次意外撞怀，遂即引为一生知己。

骤雨帖

七月围城。

口令与标语满天飞。

城墙外，汉奸与异己一起疯长。

雨过。天晴。苍茫茫故国披新袍。

鸟语啁啁如投降书。草木潮湿如囚徒。

散装帖

云是散装的
霞是散装的
池塘的荷露蛙鸣也是散装的。
在斜斜的暮晚
散装的我遇见了散装的你。
拐角处
一缕临罢散帖的风
一阵喝罢散酒的雨
想要重新装订
那些，散得不能再散的烦恼与欢喜。

困顿帖

我打盹儿的瞬间，错过风花，错过雪月
错过乌压压的牛鬼蛇神。
我知道身上的螺栓开始松动。松动的
还有牙床般的诗与远方。
世界已甩我十几条街。我懒得去追，只想
在寂静的后院，与一只蛱蝶共枕。

西瓜帖

这张绿色的虎皮废弃已久。

在野党七零八落。

那么多窥望的群众，宁可落水，也不落草。

甜与美，如此寂静——

素颜的女子，自己将自己的肚子弄大

像一轮孤月扑倒在，公子脚下

嘭——嚓——

那么碎，那么红，那么傻……

腹泻帖

雨浓贤兄递来艳照——
如意园的红梅红得不忍开膛。
同理，昨日吃坏肚的我
不忍如厕。腹内疑似
有大批生冷的碎币和辛辣的头衔。
咯嗒咯嗒，依稀仿佛
连陶翁家的大个名鸡也在忍着不泻。
哎哟，普天之下
那么多的草包肚仍在坚持，怀财不哕。

荷塘帖

盛夏，市声鼎沸，溢出来的
是被晚霞留宿的，凉凉的蛙鸣。
新月易失眠，抚衣，弄影，到天明。
一池青泥如宿墨
由最先醒来的那朵莲稀释，研磨。
荷叶田田，铺开一张张翠宣
有白衣仕女轻拈蒲与苇，临摹
一滴楷体的露珠，与两三抹草体的清风。

泛青帖

青枝上，男童镶青果，女童簪青花
青天青日下，青蜂掷来青纸蛋儿
青风青月青梦里，青与青，少年游。

懒汉帖

他常将自己反锁在袖珍的阁楼里
画梅止渴。画饼充饥。
晨钟响起时，他总是忍不住笑——
窗外成捆的霞光与鸟鸣，刚好
让他施展兰花般的拳脚，隔山，打牛。
他吹吹枕边的猴毛，开始批量生产
空的这些，和色的那些。他，又笑了。

碾米帖

仿佛被洗脑，众喽啰不打自招。
是日，天气响晴
小人和君子相互宽宥
阳谋和阴谋一起粉碎。
想对着温饱阶层
——那提前垮掉的一代
耳语一句：
“倘若，你丧失了饥饿感
便不可能窥见
童年那细微而干净的腰身。”
值良辰
蕙风和畅，春心荡漾
纳粹党拱手退让，小米党脱颖而出。

落英帖

盛年不弯腰。
落英一地，无人扫。
两个女童在拾花
多年之后，也将被拾。
一生漫长
我有足够的时间蹲在枝头，等待
那缕长着兰指的春风。

鸟鸣帖

这露水里的闹钟，这蒙着面纱的名伶，这刚刚启封的陈酿……

单音节的是宗教，多音节的是艺术，音道一再发炎的，是哲学……

噢，宿醉的诗人，我将在你的耳朵渐次掏出，鸟毛，鸟粪，以及鸟蛋一样，妩媚的翻译官。

辑五　且饮一杯酒

超越藍色
詩引四海藍
丁酉初春於
聽荷草堂馮傑

想喝酒

想喝酒，觅不见酒具、酒友，却有
多余酒钱。
想喝酒，却不喝那些被贴了标签的
温暾货。
想喝酒，也不喝脂粉、重金属与醒世恒言。
想喝酒，想沧浪亭，想敬亭山
想桃花潭挨着桃花源。
想喝酒，想穷途上的车辙，想悬崖边上
刚摔碎的酒令。
想喝酒，想五谷脸庞，想土腥味儿、青草气
想顽童的水枪扫射。
想喝酒，想猛虎归来，想幽兰翘起无名指，想
胃中的故道与仙冢。

花间一壶酒

师爷睡了。空余
一个被孤独玩剩的后生
在废园
故做轻浮状——
索性，将忍受与享受
混为一谈
将暗伤勾兑成暗香。
小径弯弯，小星灿灿
有熬夜的小妖与他
一起推开三米深的训诫
互为酒糟，或下酒菜
天亮前，互相搀着
互相占着对方的便宜。

醉己诏

53度的城门洞开。
丢了缰绳的骑手，招徕一记
三月的回马枪。
新标签搅浑一池春水。
饕餮兽呕出一座难民营。
杨柳岸，晓风残月说：
让酒精返回糟糠
让油头灰脸的咏叹，返回草纸。

乡野对酌记

是日，与麦冬踏青对酌，四腿挂泥，醺醺然而归。

在十驾齐驱的郑开大道旁
在荒林之中，枯叶之上
用白酒，花生米，牛肉，火烧，榨菜
摊开嬉皮顽童的内心，摊开
略显蹩脚的上半阕。
干杯，为这遁身的春天！
移驾。我们直奔不收费的东湖而去
那里藏有政府的收容所，杂芜，真实。
在湖边，我们坐青砖，迎凉风
与寂寥的水草、小船、野鸭
凝望，对饮。在踉跄的沾有新泥的
下半阕里，一丛野桃在夕阳下悄然开放。

艳阳日，赴宴途中吟

梳洗罢
朕要赴下一场欢宴！
话音未落
左右侍卫便为我
开轩
披黄袍
牵金马驹。
众卿
赏碎银若干
由秋风秋水引路
每人采撷
一两朵开光的野菊
镶在
各自相好的鬓上。

将进酒

别拦着我，你们
这些背诵《醒世恒言》的人。
将水泼了，换酒
今晚，我要
与一株单身的高粱对饮！
红红
斟满了，杯莫停。与其梦中渴死
不如，醉掉余生。

酒想

一人饮酒，酒是家眷
众人饮酒，酒是艺妓。

换酒，如偷情
戒酒，如休妻。

酒洒袖中，装婉约
摔杯走人，装豪放。

说什么人情薄，酒太次而已
说什么万古愁，没酒喝而已。

李白太傲

茴香豆所剩无几
那碟过期的月色也已发霉。
我想喊上李白，让他谈谈如何
把笼中鸟灌醉，再把烟火彻底废掉。

李白太傲，有孤僻症
不与大唐为伍，也不屑与
失意者对饮。他的夜光杯里晃着
个人主义的鸩，和
68度的狂笑。

吃酒去

肠胃骚乱。草包肚在傍晚约会。
今宵，雅集的意义在于，让酒肉和朋友等价。
夹一块肉，看看 A 的脸色
吃一口青菜，看看 B 的脸色
在荤素之间，C 有一张麻木的脸。
乏味的 D，遣烈酒游说——
让水火私通，让顺民，提前起义。
小二烦恼，每天要收拾，千篇一律的残局。
唯夜风清凉，当选，新一届甩手掌柜。

酒后（一）

呕吐物似一堆黏稠的忧伤
说空，就空了。
在42度的劝诱下，我出卖了
戒备森严的自己。
此刻只想脱离
荤腥的人类。草木一样
呆呆的，连眼色都懒得使。

酒后（二）

举着水一样透明火把的
匪们
在我的腹地洗劫之后
渐次撤离。
肉体的度数在下降
直至，降到与囚笼等高的刻度。
唉，此刻
我又回到名曰旧社会的马车上
再次，用无名鞭打
那匹脱缰未遂，投案自首的野马。

汴梁暮秋，醉赏金明池

在俗世的隔壁，有我
水性的外室。
荷花退回青泥深处，撇下
无人认领的莲蓬。
野鸭坚持自己的逻辑
随遇而安，荡着率性的涟漪。
战事已远，闲王们，万望善待
那一船船，大宋的遗腹子。

西湖醉状

——滑州西湖饮酒录

1

坐在风上，指挥一湖的叛军

在杯中拿下，水中的保皇派。

2

从杭州到滑州，从天堂到人间

西施略施粉黛便摆脱了，昏君们的纠缠。

3

熄灭鸡头，豁免鸡翅

老面瓜与小麦酒正夹道相迎。

4

呼啦啦，酩酊的美眷倒出满怀细软——

粼粼波光，赎回北中原最曼妙的身段。

湖畔饮酒赏月小记

在三善园的小山坡上，一群闲淡客登高，望远，煞有介事。

纯务虚。凭借一桌酒，一架琴，一张遁世的船票。

所幸，微风是免费的，月光是免费的，一湖柔波也是免费的。

其时，远在江南的蓝喉与沪上敦腾在隔空聊诗：莴笋塔对梨花剑。

我技痒，忍不住，将湖畔的风月克隆、打包，顺手遥寄。

高处有高潮。有人卖唱，有人卖笑，我则照单全收——

良辰美景不算贵，杯莫停，月下做一次，千古醉人。

花酒

嵇康喝兰酒，就《广陵散》，挥五弦送归鸿。

陶渊明喝菊酒，就山岚鸟语，倚竹篱黄昏独饮。

李太白喝青莲酒，就明月清风，与自己的影子对酌。

杜子美喝韭花酒，下驴，茅屋内就夜雨，呼左邻右舍共饮。

辛弃疾喝稻花酒，摘剑，就英雄泪，邀青山溪水蛙鸣作陪。

陆放翁喝梅酒，解甲，就唐琬的叹息，连浮三大白。

先师远矣！撇后生在诗中，拾落花以泡散酒

就着空，席间摔杯，斜睨那重重，钢铁雾霾和霓虹。

落日城头饮酒

暮色围城。烟鬼酒鬼色鬼浪荡鬼
纷纷自垛口呼啸而至
三十六计，乱为上——
彼此撕破脸皮，互唾，互掴，之后互抱
向天一笑泯恩仇。来来来
饮罢东风饮西风，就过春韭就秋菊
一万句“娘希匹”，不如一声“吃酒去”！
失散的故人，也请提头来见
68度的好心情已斟满，讫了这杯
再摸一摸这浑圆的落日，便戒了此生。

辑六　故乡诗抄

辟邪圖
千人之諾諾不如一士之諤諤
語出司馬遷
丁酉初春寫鄭州以史記氣入野林也 馮傑

细雨格桑花

难以清点，雨丝和格桑花，皆为复数。
风有些薄凉，旁逸斜出的那朵，易先老去。
花容略微失色，泪珠次第，碎成洗面奶。
仿佛，喧闹是假的，伶仃才是真的——
在暮秋，有鹭掠过湿漉漉的花丛
轻得不能再轻，若一句旁白，无枝可依。

写给大鸨

大鸨别称独豹、野雁，属濒危却从不鸣叫的鸟类，据统计目前在中国仅存有300—400只。

像与老鸨走散的带翅膀的孩子。
每年初冬，天使一样落在故乡长垣的黄河滩上。
她们喜欢干净的云水与温暖的大地。
这转世的窦娥，正用哑语为“鸨”字雪耻，申冤——
笨笨的它们，不卖性，只贩爱。

白鹭

丈量完尘世的幽暗
你于水湄濯足
涧边起跳
至尽头
铺开一匹青天
草拟半卷白云的毛边书。
梦幻，永远呈单数
伶仃的你
偶尔也会垂下一架细细雨梯
迎接我——
这个自废武功轻摇羽扇的浪子。

慢摇吧

——大浪口归来造句

渡口掉光牙齿，用温软的浪花招呼善男信女。
阳光迈着小碎步，任清风拂面，看竹篮打水。
蜂蝶热衷儿戏——一枚草戒指便可私订终身。
一池米酒心事微黄：愿与花鸟同席，醒复醉。

五爷庙

得意处皆行宫。我与韩五爷平起平坐——
我管生，他管死。殿下乌压压一片
小鬼使小。大人耍大。世间顽疾不过如此
免死牌，常生签，插得神灵直打哈欠。
一缕青烟如灰，被拔高，又落下。
而小东风满怀清欢，尚不知春愁为何物。

观小渠惨案遗址

那年，小渠的水是红的，兴国寺的钟声是哑的。
六百多人，头颅如一堆句号，身躯如一捆湿草。
一口井有多深，那天的疼就有多深。
多年后，那只名曰战争的老虎被拴进教科书
却留下一颗，越拔越粗的虎牙。
公元2017年暮春，一个心律紊乱的书生
将柳枝裁成纤纤碧幡
将麦田铺成一张青青的，大号创可贴。

观方里荷塘

清风不清场——
粉的是怡红院
白的是寺庙
绿的，是一望无垠的审判台。

黄河

一个人走着走着，就弯了，浑了，脏了。
在彼岸，他贱卖了，自己的初心和晚节。

杏坛

杏坛那么小，小如春秋时的
讲台。孔子讲完礼后，傲慢起来
眼中只有患洁癖症的老子和蘧子。
风是卫风，只是风声中的鸟鸣虫鸣已被
喇叭声与马达声强行置换。院内的
桃李也那么小，貌似一群侏儒。
子路学而优则仕，留下衣冠，和俗套。
残碑旁，那丛小蓟至今
还蒙着紫色头巾，在镜头前不知所措。

陪衙内兄游园

流亡的皇族后裔归来，尚不知
满园的妃子已经变节。

依然放纵，依然
不顾珍珠梅舌尖上暗藏的梅毒。

被掏空的宋槐，老如太祖
在一个劲地出虚汗。

从三善园到如意园到上善园
浪子们与半推半就的落日，一再干杯。

鸳鸯殉情，唯余一池苟活的野鸭
在反复意淫，那朵睡莲。

如意园

每次模仿草木，总会有些许不如意。
草木清静，幽闲，供游人去偷。
满园秀色被顺手牵羊，屡屡得手。
我们貌似主人，却过着，奴仆的生活。

雨后游上善园

一场新雨宛若暴动，翻越狱墙
将一簇簇幼菖蒲的红令箭，射入上善园。
有人趁乱，在苇叶上草拟青旨——
以卿曲径，可随意通君幽处
毛桃可提前退朝，雀鸟可大声喧哗
荷叶可与露珠，一再厮磨。
穿过拱桥，有野鸭乘清凉碧波
向偷闲客免费派送
宽了衣的涟漪，抑或，正卸妆的王妃。

微雨如意园

凭一抹免费的天光轻筛
宿墨与隔夜愁。
余下的由麻雀与蝴蝶轮流打扫。
没有向导，没有裁判
青梅独自扣篮
芭蕉独自盖帽
场外的枫杨和箬竹鼓掌。
醉了，便醉了
湖光不再与山色较真
湿透的匡城一隅，那么软。

去苗源农林看樱花

在去看你之前
我悄悄查阅了你的芳踪——
跋过喜马拉雅，涉过日本海峡。
今晚，在匡城的一隅落脚。
雪白，是你的童年。
火红，是你的少年。
你灿烂的笑容告诉我，你没有中晚年。
在春风里与你匆匆相见，有点儿唐突
最终，我以一杯53度的单相思
做了你，醉歪歪的芳邻。
我想，在某一场雨中
你清冽的一部分，会不辞而别
你柔韧的另一部分会陪我，留在人间。

立秋，游蒲上园

我们抵达时，藤上的葫芦刚刚完成剃度。
丝瓜花黄，眉豆花紫，茄子花红——
疑似邻家小阿妹，昨夜遗失的手帕和头巾。
退休的磨盘依然保留了儿时的乳牙
仿佛有嚼不完的，又慢又碎的时光。
与山枣、海棠、青橙对称的是
鸵鸟、孔雀和火鸡
这些外来客在不停地摆造型
优哉游哉，乐将异乡当故乡。
害热的我，脱下上衣，仿赤条条的茅草
和吊在竹枝上玩单杠的，空空的蝉。
立秋日，翻越篱墙，闷闷的我终于
被汗湿透，被风吹透，被这满园的丹青高手
悄悄染透。

上善园小坐

晨风又凉又细，摸过我浑圆的小腹，又去摸紧绷的湖面。蒲棒槌在乱指挥，苇叶柳枝在乱弹琴。夹竹桃花紫苜蓿花正为湿润的鸟鸣添香料。假寐的瓢虫替我，窃娶了满园新欢。

辑七　节日小令

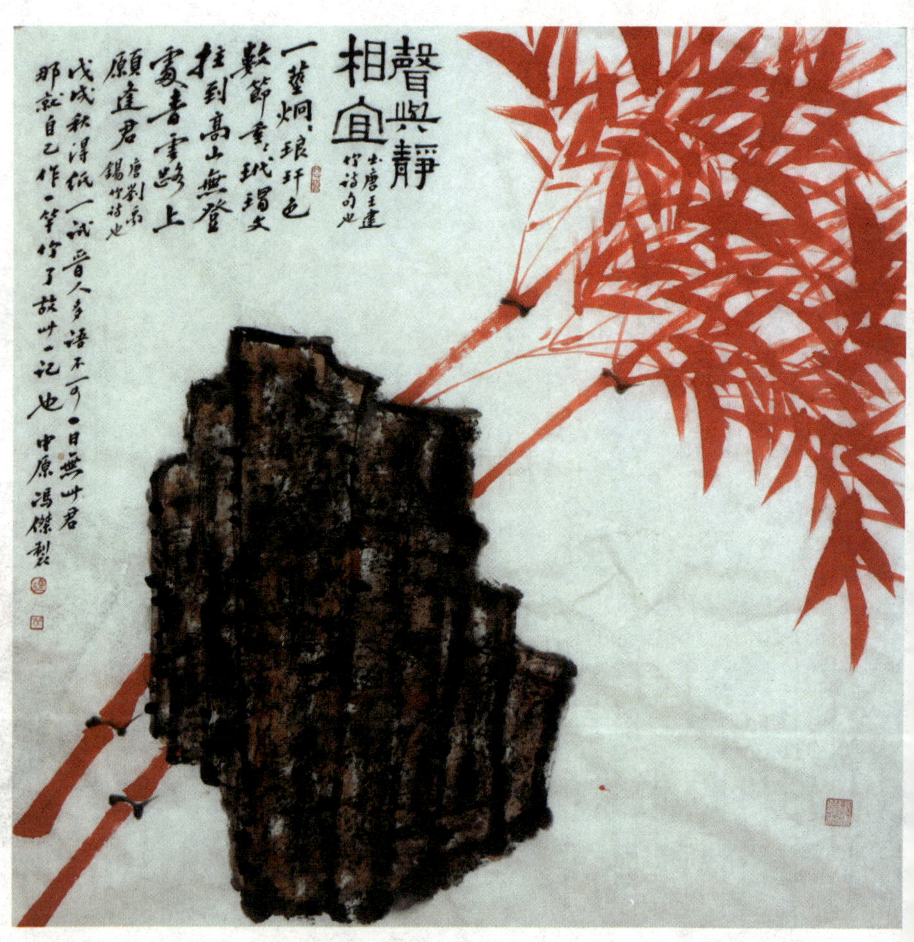
聲與靜相宜
出唐王建竹詩句也
一莖炯炯琅玕色
數節重重玳瑁文
拄到高山無登處
青雲路上願逢君
唐劉禹錫竹詩也
中原馮傑製

立春

初夜，正用她懵懂的鹅黄与淡绿递上一坛情窦
初开的原浆。是日，谁配与天涯芳草
撞怀，交杯。至良辰，雨燕将为末世裁出一匹
青青天宇，上面绣有两行，微醺的白鹭。

雨水

湿了，迎春——
谁袅娜的发辫上滴着，昨夜的初恋。

湿了，蜡梅——
谁的嘴角绽开一颗，暗香涌动的痣。

湿了，浅草——
谁的绿茵场上嗒嗒着，执拗的马蹄。

湿了，花灯——
谁的泪眼蒙眬，如辗转的滚烫元宵。

湿了，燕翅——
谁的小手在剪辑，快要过期的相思。

春分

把春光均分给每个怀春的人——
马夫，小偷，妓女，商贩，皇帝，诗人
揣着花粉，在此岸与彼岸之间
荡漾。黑与白，笑与泪，爱与恨，正推杯换盏。
啊，歧路上，春梦遇见春风，沉醉的
我，遇见无数个，废掉了变脸术的自己。

清明

依旧，用青烟和雨丝连线
走散的故人。
清露，白羽，绿坟，红纱巾……
似遗物，待认领。
健忘又如何——
春和，景明，人安详
多看花，饮茶，品酒，听鸟叫，任风吹
少言万古愁。

情人节

想必此刻，你刚刚卸下防盗门窗，换上
旧珠帘，旧罗裙，以旧日的口吻吟诵
一首旧诗。你手中的勿忘我，也是旧的
花色鸟语仿佛，旧日丫鬟，轻轻抹着
寂静庭院。一缕怀旧的风摇曳
旧身影，送来一抹基因纯正的，袅袅陈香。

立夏

阿春尚未被休
你不请自来。没办法
我只能将你安置在闷热的偏房。
小夏，真的没办法
你与小秋小冬们一样
错生在
这软禁不止、言不由衷的时代。
幸好，尚有朝露，晚霞，鸟鸣，风声
充当我们，新的接头暗号。

小满

自满者在酒后
互赠心头肉和掌心痣
忽略坏胎
省略万古愁
默许石榴裙主
用火红的小喇叭通知麦黄杏
杏你，杏他，杏我。

夏至

之前，我在西厢房过冬至
现在，你在东厢房过夏至。
缘来不过是
我们将眼眸中多出来的那些明与暗
分期交付对方。
我想
那些初雪晚霜，那些凉风细雨
可否当作
我们潦倒，或落单时
上苍付给的些许，抚恤或利息。

儿童节

晨钟响起——节日替换末日。在认贼作父的时代，有人甘愿伏法，将霸占已久的桂冠还给

幼鹅和雏鸡。在她们笨拙的秩序里，重新发芽，开花，直至，与水中鱼，藤上风，并排而行。

端午

切莫在午夜端着，掖着
与清明类似，这是一个靠捐躯换来的节日。
屈大夫投河后一分为二——
一半是山中碎玉，一半是五花大绑的粽子。
屈子仿佛在说，过节，就是苦中作乐。
故，应向张寻欢李寻欢王寻欢赵寻欢学习
不可有恨——荷叶正青，糯米正香。
不可有恨——龙舟上的昏君早已退位。
不可有恨——每一根麦芒都深谙还魂大法。
不可有恨啊
酒席上宜邀屈诗人落座，微醺之际
听他聊聊思美人的艳史，如何把末日当成节日来过。

大暑

一对小野鸭刚刚筑好它们的清凉居。
说胡话的大叔，只配在镜中消暑。
水中的蒲草，无意解开岸边纠结的蒲团。
孤舟上，一个空心人，两袖流离风。
荷花端坐在荷叶上
正在为一只远足的水鸟，绣单只的鞋垫。

七夕

没关系，寂寞早已授予我享受孤单的秘籍——
你来与不来，乌鹊照例绕树三匝。
你来与不来，明月依旧朗照千里。
你来与不来，牛郎织女仍会，修通天下断桥
替我这个情种，卿卿我我，直到天亮。

立秋（一）

一夜过后，万物仿佛做了结扎术。
惊诧无用，愤恨无用，破罐破摔，也无用。
痴呆之人照例——
洗澡，刮胡，放风，酌小酒
想来日方长，看江湖热闹，听身后簌簌落下
甲的两面，乙的三刀。

立秋（二）

闷热的瘸子们让立秋骨质疏松，梧桐摇了又摇
落叶开出的病历微风予以默认。植物侍奉动物
雨水连接泪水。阴郁的天空在转基因中繁殖
蝉嘶，蛙鸣，喇叭响。蒲草和幼竹在一锅粥中拔节。
诗人从山中回来，开始策划一场越狱，不再瞧
监禁卒的脸色。一窖地瓜尚未坏掉，它们早已
厌倦了卧底。僧尼们在读经，用内心的清凉再次
覆盖酷暑。吃过药的母亲，正细细擦拭长长的镣铐。

白露

白露单纯，不可复制。而明月，执意要在广袤夜幕上拓出，儿童夭折的影像。

秋风递上落叶的绝命书，有人端坐在清凉的草尖，含泪诵出，鹤顶上的暗疾和旭日。

霜降（一）

雾霭温存，混血儿一般，免受
二元论的折磨。
她在暗夜委身于白，又寄情于红
每个黎明都会有，小小的误会被解开。
看，三秋的腰肢上挂着一嘟噜祝福——
别来无恙！一群小儿女刚诉完离愁
便被朝霞加持，正于暖暖霜花上怒放。

霜降（二）

霜降，是秋天最后一招——
用一颗结晶的露珠儿
轻轻地
打黄了叶子，打紫了茄子，打红了柿子。
要速战速决，以免打滑，和打油。
喂，听着——
那些潜伏在人间的小白脸
趁薄霜未化，还不快快，如实招来！

中秋节

母亲。月光
妻子。月饼
孩子。月牙
中秋节，欲出行
途经野花，野草，野猪
团圆日
有准野人
被熟透的月亮罩着
一身
比野木樨还碎的念头。

无名节

用辽阔的寂静建立起新王朝
默念孤独令——
肃反。清洗。复辟。拉倒车
在被工业文明遗弃的国度
向雁鸣中的王公
桂香里的妻妾
溪水蒲叶芦花上的子民
每人分发
一匹月豹，一行秋风，一钱波罗蜜。

立冬（一）

午后乱梦，怪力神手持板斧，在削脑袋。噢——
守旧之人有太多的头油头皮屑，赖着不走。
细雨蒙蒙，四野分不清，哪是落叶，哪是面具。
喝茶也不是。上网也不是。读书也不是。
天冷了，该如何安抚，那些瑟瑟复瑟瑟的替身。

立冬（二）

立冬比立正有趣
仅次于立妃。
冷与不冷
皮下组织说了不算。
微醺的军师曰：
胸中白酒一两
胜似白匪三千。
立冬宜重新立法——
不服软者
犒赏资深葫芦一枚
牛肉老汤一大碗。钦此。

大寒

北风萧瑟，万物露骨——
沙白，鹤白，云白，某某鼻梁上的
豆腐白。
我与小雪，卿卿我我山盟海誓了一夜
之后互递衣冠，一拍两散。从此
我习惯了在幽暗里把盏，悄悄灌醉那颗
伤禽困兽之心。

冬至

雾霾深深深几许？
恰似河里尿泡，随大流矣。
又像包饺子
集体个体，终混为一体。
仿佛一种文明的晚期——
有人在甩袖箭
有人在造天梯
有人徘徊复徘徊，隔着口罩默数
华丽废墟上
那些刚刚吻别的，烟火流星，阵风阵雨。

平安夜

这一夜
霾十三刚刚辞职
青山青，碧水碧，大王忽然没了脾气。

这一夜
好好劝一劝，莫让
苹果厌倦苹果，雪梨厌倦雪梨。

这一夜
允忏悔，也允窃喜
风与风，在交换皮囊；星与星，在互赠舍利子。

除夕

他从关中来，带来一大批
陈皮，以及草稿。
虎口谣：小妮要花，小小要炮，我要
那副无限接近灵魂的义肢。
风烟净。洗面与除脂，算是标配。
脱帽——
向枝上蜡梅与案上腊肉，深深鞠一躬。

元旦

其实，醒和醉，始与终
并无二致。
新鲜的刹那呈复数，便怀上永恒。
厌倦了吃苦，就去寻欢
厌倦了都市，就去乡下，做一个
邋里邋遢的如来。

辑八　花间词

紅瓶
素
藍夜
在句
子盛
雪不
驚心
丁酉雪夜

去内黄看桃花

作为人文始祖
二帝不好意思动用美人计
而三杨庄出土的汉家庭院里
婀娜的女主人只用了半出便戛然而止。
在去豆公乡看花之前
诗人炉子用上好的羊血和羊头
为我们壮胆。
户外，众花优越感十足
不屑排兵布阵
稍一荡漾
春心便大面积涣散，再难收拾。

浮丘山樱

青尼发福
山樱也发福
每动一次还俗的念头
枝头的花儿便会多出一朵。
春风是两面派
遣一队蜜蜂嗡嗡嗡嗡地
游说我。
其实，我比春风更容易动摇。

玉兰

春风派送芬芳的暗疾。公主愈发近视，看不见
摇摇欲坠的晚节。批发的雾霾与兜售的花粉
一拍即合。其时，略显薄情的流水与落雁
在一旁，闲解闷。一朵素云正收回她的玉钗。

杏花

鱼和熊掌，炮灰与韩货
均不可兼得。
一场春雨下得早了些
斜阳下的杏花有点儿，不爽快。
一生何其苦短
总不能让金风和玉露，一再擦肩。
不独江南
北中原也有数不完的深巷和昨夜。
耳畔忽有，吆喝之声——
“我已开得不能再开
你可忍心，蒙面装下去？！”

苹果花

四月的寺河山一袭薄衫
斜坡通灵，香囊开口。
遍野似有染，白里透粉——
娃娃音在左，孩儿面在右。
我忽然有些不适
在长着虫牙的天使面前
我的忧伤，像一枚坏苹果。
还好，老江湖尚存一颗，装嫩之心
在春风沉醉的暮晚，终会
被枝头脆生生的童年，砸中脑袋。

月季

小径是荒芜多年的长喉
一簇簇月季带来五颜六色的补丁。
雨后的纸笺脆薄
不愿填写腊肉般的唐诗宋词。
一大抹冷艳让修辞蒙羞——
花枝横陈，剪刀满地，仿佛
烈女和竖子正在嫁接编外的野史。

蔷薇

春天仅仅是个幼稚的铺垫。
初夏傍晚
少女正用晚霞为自己行成人礼。
风中弄姿，绰约久了
便怀上风骨。
夏花之美在于放——
遇猛虎或猫咪，皆以本色饲之。
即使明朝老去，也要在今夜
用孤掌，刺一幅拍案绣品。

菜花外传

有多少初见，便有多少
黄花扭捏。
东风用力过猛，不得不垄上折返
使用倒序——
噢，如此潦倒的暮年！
失了金冠的王与后
掸去衣襟上的花粉，开始
琢磨吃喝拉撒，并暗中劝退
身边的烈女和义士。
在野的菜花如贫下中农，重新
被压榨
成为货架上叫卖的一桶油。

葵花

葵花洗洗脸，辞别宝典
那一刻，皇帝刚好解散了太监。

不说执黑守白，不说露冰藏火
饥肠辘辘时，只管酱醋油盐。

你有眉头，我有日头
扬尘而去，清风复来。

梦幻再新，新不过明朝黄花
现实再旧，旧不过一地碎壳。

生如夏花

别来无恙。夏花，是一个人的名字，和权利。

寄盛年于两袖：一袖蝴蝶，一袖箭矢。

长亭风过。短亭雨歇。芳邻的篱墙刚拆。

噢，那晴空万里如筵席，那白云朵朵如杯盏。

来来来，你我一同讫了，这花瓣上的浓茶与烈酒。

花妆

初夏。雨后。如意园中的月季有些乱——
大红，二红，小红。似一张没有涂匀的
脸蛋儿。她不是故意的，她有太多的
慌张和冲动而不自知，和潦草的美，一样。

乡下的荷花

乡下的荷花发育明显有些迟缓
缺少规矩，不知分寸。
总是在最便宜的月光下裁剪
一件件宽大的绿嫁衣。
又总是，由村里那位智障的老姑娘
率先试穿。
莲房新了又破，破了又新
远在城里的阿哥，忍不住有些心痒痒。

傍晚花语

暮色遮不往
一朵石榴花率先想开了——
这么多的裙子，终究会旧，会破
何不趁早捐出去。
合欢也这样想，月季也这样想，紫荆也这样想
妙见啊
甜美的堡垒，在暗中一一瓦解
多像，红伞兵，从天而降。

致木樨

木樨用涣散的体香统治了整个早晨。
鸟鸣携带判词，在花枝上搭建微软的断头台。
眩晕和错乱，轮番签署爱的不平等条约。
疏影镀金，我似亡国奴，乐于放弃所有抵抗。

桂花状

这频频离异的小妇人，在我路过时忽然
啐我一脸，一身，略显黏稠的幽怨。
秋水洗啊洗，秋月抹啊抹，秋风吹啊吹
秋深处我再次接到，这一纸簌簌的控状。

荻花

晚雪将后悔药贩给犯白痴的少女们
秋风在喊口令：立正，稍息——
一江翻版的明月，一壶启封的散酒
等你来，用瑟瑟的手法，一一签收。

松花

之前是梅花，兰花，菊花，茶花，枣花
的姐姐。现在，是母亲。
她有闻不见的香，看不见的色，摸不着的骨。
那一朵又一朵，肉胎之上的，素之花
我喊她，她应了。仿佛，一切，都松弛下来。

昙花

众花已裹着月光睡去
偷吃花粉的人对着故乡的星空
喃喃着：
昙花啊，我失忆的姐姐
为何还孤身坐在火焰里，一个劲地
脱啊脱……

微风抚摸卷曲的秀发与纤细的白骨，抚摸
刚刚在我泪腺中转世的她。

蜡梅

这雪藏太久的冲动
这一捅即破的衣裳
这赤贫的心绪
这若有若无的喜悦和惆怅
春迟迟不来
昨夜的她忍不住咬破嘴唇
点点蜡黄
有着无产阶级宣言的质地
伶仃，清凉
在一阵想要造反的风中
将小小花冠轻抛于我——
那和她一样落寞，又一样幽愤的郎。

烟花

任性。不负责任。
她斩断所有俗世的根茎
看镜中，迷人的薄命。
嘭——嚓——
漫天的西瓜瓤飞溅
淹没了，正说梦话的痴人的瞳孔……

辑九　白雪十六重

仌雪精神
冰雪如玉
梅花真
俊也
中原
馮傑
山有木兮木
有枝心悦君兮
君不知 先古歌也
枝上又有花乎
戊戌冬又補白 馮傑

第一重：初雪

薄薄的
如破绽，泪光，微微荡漾的
贞操。
晨风在丈量时光的阡陌。错啊！乱啊！
雾中的虫子正忙于割据。
面霜在化
一轮红日映出一张，懵懂的笑脸。

第二重：小雪

这尚未发育好的
小小天使，半裸着
若即若离——
与小丑、大盗、凡夫
擦肩而过
在花草树木上逗留，抑或
遁入苦恼人的泪滴。
微风里，她悄悄
留下一袭白，带走一衫灰。
想随她而去
可这肉身太暗，太沉
只能在她失忆般的回眸里
一次次
摩挲幽凉的落羽
成为，轻浮部落的近亲。

第三重：问雪

刚刚合上花名册，你便来了，手捧着
那么多过期的银票。这个世界欠你的
太多了。现在，作为旧情人，我顶着
一头廉价的屑皮，用一根单身的小葱
外加一刀尚未上冻的豆腐
换你，那棵窖藏了三冬的白菜，好吗？

第四重：大雪

一夜杂糅——
玉颜。豹胆。匪心。
我如旧主
拱手让出所有城池，和
七彩的亡国奴。

第五重：画雪

你是素的——
衣衫素，肤色素，内脏素，就连
伤口也是素的。
守护你的天使正在打盹儿
你的纯美像是一种绝症，注定要
坠落人世
被烟火里密密麻麻的
荤包围。一棵素净的大白菜上渐渐
蠕动一条条菜虫。真与假
像是孪生。雪花被到处贩卖
在摩登女脸上蔓延成
铺天盖地的脂粉。在天使醒来之前
是谁独踏薄霜，直至
抵达春风吹拂的小小青冢
在一朵黯然的勿忘我之上凝成一滴白露。

第六重：化雪

美有短暂的属性。白衬衫很快就被弄脏。我用阳光的胰子

反复搓洗，直到搓出成人的，破鞋与烂脚丫。工业化的好处在于

让骄傲和优雅批量生产，且长盛不衰。而滑倒者甘愿

供述泥沼中的三十六计。来不及道别，来不及沮丧，雪便化了。

可我笃信，在某个犄角旮旯，仍有美的，残余势力存在。

第七重：葬雪

先是被乌云游说
之后被北风绑架
最后被钢筋水泥逼供。
无奈，大雪有
病入膏肓的道德观
因为过于木讷
而被冬夜
斩首，抛尸于
一个时代的腰水之中。

第八重：祭雪

昨夜，那场雪再次遭遇了异类。
仿佛宿命，体无完肤的她
一点儿也不惊诧。

今晨，孩子们在雪地上
堆雪人，打雪仗，像在预演
雪地逐鹿。

有诸侯在松软的良心上雕刻版图。
雪，就这样委身下来。
须眉皆白的囚徒不断招供，又翻供。

虚和实，恰似两种酷刑。
远处，逐出境外的流浪汉在雪丘旁
正小口小口地饮着雪水。

第九重：悼雪

乌压压，乌压压，乌压压
那么多的人执意要
一条道走到黑。
白雪白得
那么幼稚，那么单薄，那么柔弱。
泪流满面的她
溃不成军
撇下刚刚收复的失地，转身而去
好像注定要白来一遭。
无奈
雪是素的，人类却是荤的。

第十重：废雪

爱得太久。恨得也太久。
天色已晚——
一场雪撕碎了世间所有的供词
飘飘，洒洒，纷纷，扬扬
像一个老白痴领着一群
小白痴。

第十一重：哑雪

她的面容越来越暗，几乎
可以忽略不计。
无奈与无意，蝉与禅——
是她怀中被折磨的对仗。
她卸完妆，离开之际
瞥见了俗世那张不屑的脸。

第十二重：晚雪

作为幸存者，她有权
处理自己的晚节。
苦难赐予她杂糅之美
皮肤越磨，越白皙。
嘻哈士说她是面具的集大成者。
这落落的天使
洁而有癖，却并非孤证——
老于萌芽状态的她
与那挂活埋的泥藕，成为绝配。

第十三重：炊雪

什么都是可疑的，不如
把雪炒了吃。雪没心肝
却有防不胜防的
附着物。譬如逗你的笑里
掺着抑郁与颓废的味道，甚至有
图谋不轨的小刀
割破我们的过去与将来。
那血液是白色的，只有你我才认识
像一个男白痴遇见
一个女白痴。踏着雪，披着雪，噙着雪
最后被
莫名其妙地掩埋，或挥发。

第十四重：春雪

在春雨窄窄的夹道里，清高的雪花又
重返人间，轻启冰唇，对百花大放厥词：
先说桃花，这世袭的公主
红得没有丝毫创意，一味地八股。
再说迎春，这早熟的浪荡子
散漫惯了，不是左晃，就是右晃。
还有纠结出身的油菜花，耐不住寂寞
一再跟风，到处贱卖自己的花粉。
接下来说说玉兰，这资深的贵族
越来越颓废，整日幽居，每每深夜里买醉。
总之，这个春天太不像话了，也难怪
蜂蝶纷纷辞职，哭着喊着要梦回唐宋。
最后，套用革命家的一句话——
春色尚未纯正，百花仍须努力。钦此。

第十五重：弄雪

像过去时，又像将来时。
雪，用皑皑语气，造红红梅句。

孰料，从踏上第一脚开始
拍拖者的前世与后世，全乱了。

今生，宜将错就错
譬如雪中洗雪污，梅间疗梅毒。

稍一娇揉，雪便化了
稍一放浪，梅便落了……

第十六重：醉雪

在末世暮晚，将枯叶与蝶隔离，一如
将“一次”和“性”分开——
一把混沌之锨，正挖出雪泥下的大周
看名曰曌的熟女如何，废唐，控鹤
诞下水中花，雾中月，以及
一大批装在套子里的，准魔头与次天使。
噫，吁，唏——
春雪未化，春梅未凋，发酵中的员外
春心未老，轻唤小翠：
“速去后院剪一茬一手的春韭
斟小酒，行小令，赢了醉生，输了梦死。”

辑十　江山风月

大吉鎮宅
中原馮傑
啼聲一出
開曙色
乙亥初
馮傑

江南老

鱼不见了，撇下糙米，和鱼尾纹。
西湖画舫上，小小在收小费。
断桥不断，白堤不白
三米深的泥污隔开荷花与西子。
枫桥上不见渔火，寒山寺不闻钟声。
定园中的我，和刘伯温一样不安，最终
被算了一卦：我欠江南一首诗
江南欠我，杏花春雨中的，那声叹息。

黄山

上山如上朝——
云中有龙椅，雾中有龙袍。
有本奏本，无本退朝。
趴在半山腰的人最易谋反。
风是钦差，瞥见
莲花峰上的莲花私自开了。
邋里邋遢的长者
在光明顶原谅了灯下黑
在清凉台放走了纵火犯。
当徐娘半老的迎客松
接完最后一次客
松下的顽石刚好怀上，一颗降服的心。

子美，你的茅屋离秋风太近

子美，你的茅屋离秋风太近
秋风的小腹里怀有过多
格律，对仗，以及葡萄胎般不断增生的
安史之乱。
现在，我试着用你
檐上一根尚未变异的茅草写下
一剂偏方：童年的春韭 + 暮年的夜雨，小火慢熬，直至
风屋两忘。

通道寓言

——湖南通道旅次

先烈用硝烟开辟出一条红色通道，让后辈们立正，稍息，正步走。

而草木如草莽，爱抄山间小路，歪歪斜斜的脚印里缺少革命性。

真乃糊涂一派，常莫名其妙地拱手让出自己，充满负氧离子的绿色根据地。

——好像不通，似乎无道。刀斧手断喝：推出去，砍了，建设侗寨。

虎头山游记

清明微雨。杏花
正在一个外乡人的行囊里打盹儿。
跟随一群虎头虎脑的孩子
拾级而上。紫丁香的毒正在山腰
假寐。石缝正在结痂。
那些低矮的槲树叶子宽大
可以蒸槲包，裹粽子，还可以
用来遮羞。或制作成隔硝烟的
屏风。那只被战争豢养的老虎
常在暗夜里露出刺刀一样的牙齿。
这里的草木仿佛随意凋零。
日渐西斜
一位下山的老人叹息着，喃喃着：
满山的红杜鹃缘何一夜豹隐。

克什克腾旗之旅：牧牛场

车子泊在野外。我们钻过铁丝网
朝牛群而去。青草深处，无数牛角萌动
有随时被刺杀的感觉。

然而，那些牛是友善的——
它们轻轻地摆尾，轻轻地吃草，轻轻地
瞧我们。

一头牛犊在吃奶。我看见母牛
松弛的乳房，以及若隐若现的私处——
啊，那么的无耻！

克什克腾旗之旅：白云白，青草青

抵达异域，这里的
白云白，青草青。
风是敞开衣襟的，沙粒则略显
自由主义倾向。

在这里
每个怀揣简洁的人都会
和烟火保持距离，与稔熟的自己
划清界线。

克什克腾旗之旅：响水漂流

去掉细枝末节，你就会抵达
源头或根部。响水里有一万匹
响马，摇旗呐喊：
打劫有理，押送你到看不见人间的
远方。两岸是
干净的牛粪和任性的红柳，还有
寂寥又妩媚的青山。

青萝河

让开！我看上了
那一脉翡翠的清韵——
杜鹃和锦鸡在读宋词
溪水和飞瀑在练行草
松花望着水蓼
菖蒲傍着芦苇
似乎，要用寂寥将痴情花光。
微风又吹
问路的青石与青蛙
扑通扑通——
双双，湿身在幽深的河谷。

水洪池

随疲惫的大巴出走
我的眩晕呈螺旋状
我的不适高达一千多米
幸好，我的幻觉里
溪水正挨着青山，你正挨着我。

这里的山花，山果，山鸟
这里的瓦片，窗棂，炊烟
一律使用低低又低低的土著语
外来客们不得不
闭上嘴巴，放下架子，直到，智商归零。

绿藤居的闹钟

绿藤居里
竹凳、竹椅、竹柜以及
竹床上竹叶一样躺着的外乡人
披着黑丝绸的夜色入眠
将呼噜与梦呓临时交给
山谷录音棚里的蟋蟀与溪水。
拂晓
闹钟响了——
第一声是云雀的
啼声似若隐若现的指挥棒
第二声是雉鸡的
敲着“咕咕，咕咕”的鼓点儿
第三声是画眉的
拉着曲里拐弯的琴弦
真好

这沾着滴滴清露与晨曦的
叫醒服务。

青山

她有青色的骨骼
青色的皮肤
青色的眼神
青色的呼吸
我想挽着她的青腰
在青烟的掩隐下与她
互为眷属
领养
一大群草木一样青涩的
野孩子。

野花

她们是隐在
山沟沟里的天真族
不立正不敬礼不搓脂不抹粉
不照小镜子
地位盖过压寨夫人。
清风吹乱花丛
微醺的她们
并不介意那些悄悄潜入花间的
小特务
她们的天职就是
招蜂引蝶，引美入赘。

立秋，游黄河

立秋。体内那池水已被
肉身耗尽。大腹便便的我，似
虾兵蟹将。眼前，一条河眼神昏黄
肋骨起伏，将泥沙一点点
抛至岸边，悄悄，带走漩涡和野鲤。
我褪去盔甲，去摸她的
小脚，小腿，小腹。啊——
松软而又隐秘。暮至，上岸
那些小随即消失。夕光里
烟波浩渺，鹭影依稀，仿佛
时光正弃尸首而去。

槐林公园

老槐树有一身黑疤
新气候有满嘴獠牙。
海棠满面红光
她的沉默，却一直是青的。
有桃子烂在枝头
在为自己，举办甜蜜的葬礼。
圈养的池水，偶有野鱼出没。
一身轻的金蝉，朝着灰暗史练嗓子。
篱墙矮，蜗牛的理想更矮
一只，挨着另一只。
暮晚，鸟兽尽散。旷野静如空樽
盘中的闲月和逸士，被小凉风再次端上来。

辑十一　闲情偶寄

追蝴蝶

——探访梁祝村小记

明知虚幻，还要追
却不一定要过草桥，十八里长亭短亭。

在梁祝村，那被逼迫就范的
美好，先是被埋葬，之后被流传。

一条小路隔开阴阳——距离美嘛！
一排风化的碑刻貌似，一首首朦胧诗。

守墓的老汉七十岁，脸红，牙白，赤手空拳。
一群游客蝗虫一样，在偷看，偷摘

我和萍子则窃窃私语：应该品牌化，譬如
山伯牌红薯，英台牌花生，梁祝牌蝴蝶结。

日渐西斜，我们从城市追到乡村，从工业追到农业从悲剧追到喜剧。其实是，在恍惚中，兜圈子。

晚茶

周五傍晚，与冯杰、青青、小兰相约茶馆，边酌边谈，几忘归途。如此，晚茶不晚矣。

与三朵晚雪同步
有冰姿，玉骨，明眸，畅怀
更有碧绿牙齿
在细细咀嚼这个暖冬的暮晚。
茶烟散漫
和俗世约有三尺之遥
随缘，自在，真空，妙有。
乘一脉久违的清泉
回家，听——
叮咚复叮咚
这天青色的茶语里
有天涯芳草迟来的问候。

刺茶记

荆轲刺秦，我刺茶。
这蛰居在白龙潭里的另一香妃
曾拥有浩浩荡荡的春风的随从。
生性沉默的她，怀揣略显清苦的秘史
独辟绿径，偶尔裸露出
伶仃的腰身与性格的毛尖。
我伺机窥探她
月光下的七十二变，以及
在和雨水泉水相遇时的
千卷一舒。

谣曲响起：
“她从山中来一笼兰蓑衣。
洗罢还俗去，铜钱草一池。”
口占中的一树瞥见

采茶女眼中一闪即逝的那抹
刺青，或胎记。

小记：昨晚，我与冯杰应青汝之邀，去茶庄品尝她刚从茶园带来的明前茶。其间，还观看了她从山中采来的兰，以及养在水中的铜钱草。记忆最深的，是她讲的那段闻所未闻的，关于茶的秘史。

明前毛尖

——兼致南岚

毛尖冒雨赶在清明前约会，纤纤指尖。
一条清溪正走访，盲女们的瞳仁。
弱弱天光，刚好适合寡淡之人对饮。沉浮也随意
有童年的荷花在向中年的莲藕过渡。
那一刻，南山烟岚无语，只向我施以茶色。

逸之旅

青青用一枝初绽的海桐便把整个下午
占领。这小小的芬芳的武器
在扫射。有大片可疑的时光轰然倒下。
青汝说："雨过。"
一树说："天青。"
口令之后，三个卧底之人一同
端起汝瓷小碗
在袅袅茶馨中指点江山——
从在朝谈到在野，从魏晋谈到末世
最后的盟约：我们将在草木中
建立一个新政权
慢下来，是这个国度最权威的律令。
允许在牛车上吹风，允许在花香中小憩，允许
毛尖般的小手竞相搀扶
披着炊烟、戴着草帽、蹚着溪水的王与后。

立夏：一坛散酒与半斤樱桃

立夏中午，我与冯杰、麦冬去黄河边，吃鲤鱼野菜，喝故乡酿造的坛装散酒。散后，独自一人在集市上闲逛，购得新鲜樱桃半斤，竟一口气吃了百余颗。想想末世之中，尚有知己美酒佳肴，便觉此生不虚。

暮春没有交代完的后事，留予初夏
仿佛一小撮人有了后传。

在露天的餐桌上，我们吃河鱼，尝野菜，喝散酒
褪霓虹而涂日光，驱飞蝇而纳飞絮。

清风徐徐，适合清谈，解密
诗与湿、贤与闲、繁与烦、稠与愁的暧昧关系。

归来，从虚返实——
冯杰要赶高铁，麦冬要开标书，头重脚轻的我
要去赶集。红樱桃等着红脸颊
日啖一百颗，寡人要将这末日芳唇吻透。

书桌上有樱桃遗骸，汝瓷空碗，兰亭赝品，海桐残枝
还有一纸饕餮——这一行行出了格的文字。

茶曰贵妃

昨晚，与麦冬、青青相约去享清福茶庄喝茶。这次主人一反常态，非让品一品一种名曰贵妃的茶。茶香浓郁，几欲醉人，令常喝绿茶的我小有不适，说了些诸如“享艳福”的醉话，惹得大伙哄堂。归来，诞下如许文字——

第一口喷香，妆成。
第二口浓香，妆破。
第三口清香，妆褪。
第四口淡香，伊人脱去外罩，去了洗手间。
第五口，我将重斟的茶水泼进花盆。
其时，一株红叶草正拖着湿漉漉的散发，拂袖而去。

不好意思
——享清福茶庄喝茶小记

不好意思。在享清福之前，我和麦冬大鱼大肉了一番。

不好意思。在嗅茶香之前，我们舌根下私藏了半斤酒香。

不好意思。主人拿骨灰级的单枞——雷打柴，招待五雷不曾轰顶的我们。

不好意思。我们喝完雷打柴，一时无语。就像，浑浑大河遇见清清小溪那样，有点儿，不好意思。

阿缸泉吃茶小记

阿妹有缸，缸中有泉，泉中有偷渡的哥哥。

午后宜吹风，草包肚在蠕动——

吃兰花指上的和与敬。吃袅袅烟岚中的清与寂。

在虫草复苏的末世，上岸的散兵游勇，小嘴轻咂，喏喏：素王万福，别来无恙。

下午茶

斜阳软。午门歪。迟暮之人尚在
轻轻浣洗。左手松间月。右手石上泉。
记忆泛黄如茶渍——
“卿卿，昨夜泼了，就泼了吧
王公子本是健忘的主
只适合做那，茶烟袅袅的半日情人。”

养鱼记

人到中年，爱上软着陆——
请君入瓮太难，便请鱼入缸。
人和鱼，均遵从卜辞
宜落单，宜认命
宜隔三岔五，换水如放风。
鱼儿从容，受宠不惊
披着华丽的
红风衣，黑风衣，黄风衣
优哉，游哉。犹如法外，获得缓刑。

附　一树诗歌印象

清白圖
清白世家
之風也歲次
戊戌初冬於
中原馮傑

归来仍是少年

青青

人各有偏爱。我偏爱一树的诗歌。

一树比我略小几岁，他看上去总是少年模样，略带羞涩，常常微笑，笑时还以手掩口。我想，这是诗歌滋润了他的灵魂，走过人世间的万水千山，归来仍是少年。他的灵魂在诗歌的照耀下纯洁如初。

他是个资深诗人，深谙语言的炼金术，每个字都像是水洗过一样，清洁透明，大雨过后的草地，有露珠闪烁。他的诗歌都是短制作，几乎没有过长的诗句。三行五行一个短短的意象，一行白鹭上青天。如果不是天才，便是奇士。我只有望之兴叹。

他深谙词语的通感，把人世沧桑与自然之美交替使用，制造出他独有的姹紫嫣红，他的奇思妙想。“亲爱的，我多想，在四月的染房打烊前 / 与你，有染……

且诞下成群，幼小的春天。”他手里的词语，像在变魔术，变幻莫测，他写《白鹭》:“丈量完尘世的幽暗 / 你于水湄濯足 / 涧边起跳 / 至尽头 / 铺开一匹青天 / 草拟半卷白云的毛边书。”形神兼备，意象脱俗。他的诗歌里有自己的小悲欢，小讽刺，小伤感，小情调，小机灵，南朝偏安，莺歌燕舞，绿肥红瘦，杨柳岸晓风残月。

是的，他通过诗歌，建立了一个自己的王朝，这个王朝的秩序是辽阔的寂静，而端坐其上的君王发布着孤独令。他的臣子都是词语，经过大自然淘洗过的事物脱颖而出，“雁鸣中的王公 / 桂香里的妻妾 / 溪水蒲叶芦花上的子民”，慷慨的君王，也是诗人自己，不断地给他的大臣与子民分发着他精心挑拣的美好事物，“一匹月豹，一行秋风，一钱波罗蜜”。

他是柳永转世，少了伤感，多了讽刺。但深得其神韵，更有许多女子喜欢他的诗歌与人。这个大而无当，甚嚣尘上的世界上，我已经惧怕一切大的事物，自动亲近小而寂静，一树的诗算其中一种，读之莞尔，品味再三，如啖霜降山柿，立秋雪梨。有这样的诗可读，幸矣！

2018年2月14日

青青，原名王小萍，现居郑州，中国作家协会会员，河南省诗歌学会副会长，河南日报报业集团驻三门峡记者站站长，喜植物，好花月，爱文字。热爱一切寂静微小的事物。著有《白露为霜——一个人的二十四节气》《采蓝》《小桃红》《落红记——萧红的青春往事》《访寺记》等。其中《白露为霜——一个人的二十四节气》获2015年度孙犁散文奖，《落红记——萧红的青春往事》获第二届杜甫文学奖，散文《梵唱》（外四篇）等获大观文学奖。

一树诗歌的先锋性

西衙口

在谈论一树诗歌的时候我想到了陈超《诗艺清话》第四条的论述："海德格尔说：'艺术把真理固置于个别的事物。'这句话对外行和内行，语义重心是不一样的。外行认为，这里的关键词是'真理'；内行会认为是'个别'细节。"

一同生活在豫北，我与一树接触得早，也互动频繁。内陆诗人多不够折腾，也就是先锋性不足。甚至难匹边塞诗人——那种异域性的题材所赋予他们诗歌的那种陌生感。而一树却于北中原这块土地上写出了自己的风格。一树的诗歌与我不同的地方在于他很少提取"源远流长的"历史符号。对现实画面也很慎重或者更准确地说他不在写"志"。在中原这么"厚重"的地方从来都不少头头是道的权威，少的反而是一树式的小情小调小格局。

一树诗歌的语言，典雅优渥，接近奢华。这也是一树有别于我的地方。我前期的诗歌基本上就是意象，只是现在略有不同，有了散的成分。

关于一树的诗歌，记得我有一句根本就是玩笑话的胡话："肉臊气。"如何摆脱意识形态话语的控制，本真地传达生命的挣扎和辩论，对于一位认真的70后诗人来说是一个严肃而迫切的课题。在一树这里，不仅有自己的理解，更有卓有实际的实践，那就是以香艳伤感为特质的反讽性。

在一树这里你很少发现那种脸红脖子粗、舍我其谁的艺术与形式，以及现实与本体等非此即彼的大师范儿的争论。这固然是其个人魅力之所在。不过我认为，在一树心里或许真的存有一个玉树临风的东西——一树的笔墨如此具体，让我们对此日益笃信且毫不怀疑。

2018年2月22日

西衙口，本名袁树雁，新浪博客"宛西衙内"博主。生于1964年3月，男。中国作家协会会员。在《汉诗》《诗刊》《星星》《扬子江》《诗潮》《中国诗歌》《河南诗人》

等杂志发表有诗歌及评论。出版诗集《五重塔》(合著)。曾获北京文艺网华语国际诗歌大赛二等奖。

智趣与美人之约

成都锦瑟

诗人一树的诗歌继承了传统现代汉语诗歌的精髓，并在长期的写作过程中形成了极具个人特质的诗歌风格。其诗匠心独具，布局精巧，语言大胆辛辣，意象奇崛。这得益于他对传统的挖掘、对现实生活入微的发现和萃取。

在诗歌写作同质化、散文化、口水化泛滥的当下，一树坚守优秀诗人的骄傲与操守，自觉维护诗歌写作应有的高度与难度，令其文本在现下广大诗人作品中凸现出来。

曾有人问我：诗歌与散文的区别到底是什么？其实，不少诗歌理论家（如“学院派”）早已给出相对明晰的概念式答案。但我还是想用最简单的一句话回答：诗歌与散文的区别就是难度！关于此点，在一树诗歌中，不仅体现为诗歌语言的浓缩与精练，更体现在其诗的“智趣”上。“智趣”即智性与趣味。智性是思想的火花，理性的光芒。趣味是生活的智慧。记得曾与宛西衙内谈起诗歌的趣味性问题。他说“趣”是人的真性情，是生命的体验，是诗歌必需的。

一树之诗所涉内容广泛，可谓王侯将相才子佳人尽入其囊中。同时，我也注意到，在一树的诗中，似乎一直有位“美人”若隐若现贯穿始末。有时她是桃花，有时是露水，有时是山峦与薄雾……

我想，生活在这个时代的诗人，应该是最想保留纯洁的人，有一种孤高与洁癖。诗人一树也正是以这样的方式，仰望高贵而完美的灵魂，完成自我精神的重塑。

诗人笔下的“美人”意象是具象的，更是虚幻的。他将自己托付给“美人”——正如同曹植赋予了洛神，荷马、歌德赋予了海伦，但丁赋予了贝阿特丽切……

2018年2月23日

成都锦瑟，女，汉族。现居成都。喜爱诗歌、茶与音乐。自由职业者。

语言的炼金士

宫白云

好的诗人都是对语言精益求精的人，读完一首诗基本知道这首诗好在哪里，病灶在什么地方，从语言的微妙区别中，去感受语境的变化。诗歌的关键所在，就是看诗人怎样去使用语言。当然，其他文体也使用语言，但诗歌的语言更独一无二，更全力以赴，更鲜活奇异。写诗的过程其实也是诗人解构语言的过程，解构语言不是谁都能做得恰如其分。在这方面，一树的诗歌可谓典范，他就像语言的炼金士，不断地在诗歌的炉火中制造出一首又一首奇思妙想的诗歌。

我熟悉一树是在博客时代，我特别喜欢读有特质、有异质、有趣味的诗歌，一树的诗恰恰具有这些元素。他的诗大都短小、灵巧，却不缺乏深度，阅读感受特别微妙，你可以敏感地察觉他诗中词语的颤抖。从博客时代到微信时代，跟踪阅读一树诗歌这么多年，他诗艺的日益精进常常被我用来激励自己。有的诗人写了一生的诗仍待在原地，为什么？就是不停地重复自己，没完没了地复制自己，不懂得去突破，去创新，诗歌写了一大堆，并未深入，反而越写越空洞。在这方面，一树却不然，从他的诗歌中可以看到他创新的努力，他总在试图规避对自己的重复，他可以通过很小的视角写出很辽阔的东西。他总能把诗歌的古典性与现代性糅合成奇异的混合体，并深具艺术意味。在毫无门槛的诗歌写作大军中，许多诗人早丢掉了古典文化，一树却在古典与现代的交叉中形成了无边无际的自由感。更有趣的是，他的诗可以从不同的角度来解读，哪个角度都通达，没有足够的功力是达不到这种效果的。

总的来看，一树的诗亦庄亦谐，亦古亦今，有种特别玄妙幽微的语气。他善于使用令人瞠目的视觉形象与巧妙的修辞，往往能把一些毫无联系的经验与感受奇妙地融在一起。这种把逻辑与直觉迷人地结合起来的才能，让他的那些看起来最不调和的隐喻也表现出恰当的诚恳。让人在愣神的刹那，为其使用得恰到好处而感到诧异与惊奇。这种惊讶与惊奇本身就体现出了他诗歌的异质性。他的诗歌在意象的使用上也别具一格，他的诗是把“意象”手绘出来的，用笔清晰准确。许多诗看似信手拈来，实则措辞都是经过仔细推敲，结构也都经过周密安排。他精湛的艺术手法让他的诗歌赢得了独树一帜的赞誉。

2018年2月26日

宫白云，女，现居辽宁丹东。曾获2013《诗选刊》中国年度先锋诗歌奖、第四届中国当代诗歌奖（2015—2016）批评奖。著有诗集《黑白纪》，评论集《宫白云诗歌评论选》《归仓三卷》。

一树诗歌印象

谷冰

人之有缘，或许是偶然；人之有缘，或许更是必然。

河南与河北，说近也近，说远很远。远与近，其实是个哲学概念。在微信时代，时空都已经不是问题。近，在于心灵；远，归根结底，也在于心灵。

最初与一树兄的接触是在新浪博客，由于对诗歌的痴迷，就有了关系。当然，是因为诗歌审美的彼此吸引，或者说臭味相投。

诗歌读得越多，心灵照得越是透彻。一个有魅力的人，其作品也必然会体现出人格魅力来。

人的性格，决定了人之品位，也决定了作品的品位。有的人板滞、拘谨、恪守不渝；有的人开朗、幽默、收放有度。那么作品呢？当然不会无缘无故地守旧或者放纵、飘逸或者呆板、洒脱或者木讷、味浓或者乏趣。

什么样的诗是好诗呢？在这个审美多元的时代，每个人都有自己的诗歌经典，每个人都会说出几首好诗来证明自己的好诗标准。而我认为，诗歌不能总是板着严肃的面孔，师道尊严式地喋喋不休，那样未免太乏味了，太拘谨了，太不够意思了，太对不起诗了。

空口无凭，我们还是以诗歌说事吧，免得自己也陷入无趣的难堪。

一个人走着走着，就弯了，浑了，脏了。

在彼岸，他贱卖了，自己的初心和晚节。

——《黄河》

黄河，作为我们的母亲河，大部分的作者写出来的诗作都是严肃的，高大上的。当然，不乏优秀之作。而作者却从海量的颂歌之中高蹈凌空，仅仅用两行就写出了与众不同的好诗。是这样的别致，这样的新鲜，这样的出类拔萃。而且，是如此准确，不加雕饰，是更加真实的黄河，更加具有震撼意义的黄河，更加形象富有立体感的黄河。同时，也有着丰富的现实意义。拟人化的描写，普通而新颖，并且提出了振聋发聩的警示。一个人不保持晚节怎么行呢？“贱卖”二字，更能诛体、诛心。“初心”二字，也有着政治学意义，联想近年提倡的坚守初心、不忘根本的社会意蕴，更加可见诗歌的韧性和厚度。

一场新雨宛若暴动，翻越狱墙
将一簇簇幼菖蒲的红令箭，射入上善园。
有人趁乱，在苇叶上草拟青旨——
以卿曲径，可随意通君幽处
毛桃可提前退朝，雀鸟可大声喧哗
荷叶可与露珠，一再厮磨。
穿过拱桥，有野鸭乘清凉碧波
向偷闲客免费派送
宽了衣的涟漪，抑或，正卸妆的王妃。

——《雨后游上善园》

游园的主题，写来别有情趣，每一行都是灵动的，富有色彩的，饶有兴味的。从头至尾，丝丝入扣，不离“游”的旨趣。对新雨的描写，草拟的青旨，卿与君的拆装组合，既把一个成语写活了，又暗含着欲说还休、意蕴另指的妙趣所在。卿，君，朝，勾连出戏。荷叶与露珠，厮磨而出情趣。野鸭的免费派送，都有令人忍俊不禁的幽默指数。

木樨用涣散的体香统治了整个早晨。
鸟鸣携带判词，在花枝上搭建微软的断头台。
眩晕和错乱，轮番签署爱的不平等条约。
疏影镀金，我似亡国奴，乐于放弃所有抵抗。
——《致木樨》

诗之美，在于动；诗之丑，在于呆。写一株静止的花草，怎样让她出彩，产生离奇的效果，需要艺术含量和智慧指数。作者写木樨的体香，四两拨千斤。“鸟鸣携带判词”，“判词”一词，有意想不到的出奇效果。“在花枝上搭建微软的断头台”，形象又有扩展。“眩晕和错乱，轮番签署爱的不平等条约”，在美和体香面前，意志不坚定者总是溃败于温柔乡而不能自拔，签署“不平等条约”就自然而然。尾句更是深挖在花香面前的悲惨结局，之所以沦落为“亡国奴”，是己心所愿的。当然，此国非彼国，不能推而言之。全诗，在一派温香软玉里，完成了美的塑造，轻松而欢快，幽默而沉香。

昨夜，披蓑戴笠者在雨中起义
湿透的梦州太守于次晨

用鸟鸣和露珠为暮春立法——
踏遍溪水与幽谷的游子
可以在画眉、红袖与暖怀之间
保留乱了半生的方寸。
嗜酒恋花的在野党，允许私自
种瓜得豆，种豆得瓜。
不断发芽的少年，一律封为世袭贵族。
而干号的遗老们，统统开除州籍。

——《谷雨令》

一以贯之，行文风格万变不离其宗。起义，算一个大词吧，作者说的却与起义的本意背道而驰，但又是那么贴切。移步换形，挪移大法是也。梦州太守，是一个新鲜的人物形象，是作者凭空想出来的，无非是让诗歌灵动起来，活泛起来，一个立体的可感的典型人物，让整首诗歌栩栩如生。这个太守“用鸟鸣和露珠为暮春立法”，官有了具体行动，可谓好官。立法干啥呢？是让游子，不务正业的纨绔子弟，沉溺于温柔乡玩鸟儿暖怀的主儿，“保留乱了半生的方寸”。哈哈，此法可恨，可爱，可以点赞。“种瓜得豆，种豆得瓜”，歪瓜裂枣的嫁接，却也焊接无缝。“不断发芽的少年，一律封为世袭贵族”，这就是谷雨的本质了，要传宗接代，要使四季轮替，非有谷雨不可。尾句更是一个强力加注，进一步阐释春秋衔接。

谷雨题材，如果一本正经地描写，岂不是一下子就落入了窠臼，进入俗套的泥淖。作者深谙此道，于是另辟蹊径，自开一片崭新的诗意世界，使诗歌曲径通幽，像桃花源一样豁然开朗，一派澄明。实为高手所为也。

读一树兄的诗，你可以放心地任作者勾引，做一个活色生香的俘虏，或者说做一个“革命意志”的不坚定者，一个被“诗意的资产阶级”彻底腐败了的变节分子。去享受缪斯的丰乳肥臀，温香软玉。而不必担心某某找你的麻烦。

诗歌到底怎样写，一百个诗作者，必然有一百种写法。有一样却是不会改变的，那就是“这一个”是独一无二的，与其他人有着迥然不同的写作方法，卓立于诗歌之林的绝美风光处。一树兄做到了这一点，他的幽默机智，他的独出心裁，他的诙谐风趣，他的标新立异，他的活色生香，他的纨绔塑形，他的简约峻拔，他的幻象横生，他的花开荼蘼，读者自有明镜，笔者也无须赘述。

2018年1月29日

谷冰，本名谷树贵，诗人，评论家。作品散见于《诗刊》《诗选刊》《中华诗词》《中国诗歌》《诗神》《星星》《绿风》等。